novum pocket

Anke Kühne

Ramin und Tilda

novum pocket

Bibliografische Information
der Deutschen Nationalbibliothek:

Die Deutsche Nationalbibliothek
verzeichnet diese Publikation in der
Deutschen Nationalbibliografie.
Detaillierte bibliografische Daten
sind im Internet über
http://www.d-nb.de abrufbar.

Alle Rechte der Verbreitung, auch
durch Film, Funk und Fernsehen, fotomechanische Wiedergabe, Tonträger, elektronische
Datenträger und auszugsweisen
Nachdruck, sind vorbehalten.

Gedruckt in der Europäischen Union
auf umweltfreundlichem, chlor- und
säurefrei gebleichtem Papier.

© 2022 novum Verlag

ISBN 978-3-903382-81-7
Lektorat: Thomas Ladits
Umschlagfoto:
Yaroslava Pravedna | Dreamstime.com
Umschlaggestaltung, Layout & Satz:
novum Verlag
Innenabbildungen: Lykka Kühne

Die von der Autorin zur Verfügung
gestellten Abbildungen wurden in der
bestmöglichen Qualität gedruckt.

www.novumverlag.com

Climate neutral
Print product
ClimatePartner.com/16547-2201-1002

für Lykka

„Tilda, das wird wunderbar!", sagt Mama. Tilda weiß nicht, was sie meint. Sie hat Mama nicht zugehört. Mama hat viel zu schnell gesprochen. Das macht sie immer, wenn sie aufgeregt ist. So, wie wenn Tilda auf zweifache Geschwindigkeit bei der Audiowiedergabe stellt. Tilda schaut auf den Boden. Mama kniet vor ihr nieder. Sie guckt ihre Tochter von unten an. Tilda schließt die Augen. Sie hört Mama sagen: „Meine Große, freust du dich denn gar nicht?" „Doch", piepst Tilda. „Du lernst bestimmt ganz viele Freunde kennen!" Das hatte Mama auch schon für die Grundschule versprochen. Und den Kindergarten. Aber Tilda hatte keine Freunde kennengelernt. Nicht einen einzigen. Für Tilda ist das okay. Wenn Mama nur nicht so traurig wäre ... Tilda seufzt. Sie öffnet die Augen und lässt ihren Blick über das riesige Schulgelände gleiten. Es ist

Pause. Die Kinder rennen, lachen und toben über den Platz. Sie sind alle viel größer als Tilda. Sie legt den Kopf in den Nacken und schaut an einem der Gebäude hoch. Es ist viel höher als in ihrer Grundschule. Tilda fühlt sich winzig. Es gibt auch viel *mehr* Gebäude als in ihrer jetzigen Schule. Mama zupft Tilda am Ärmel: „Komm! Die Pause ist gleich vorbei und dein Vorsingen beginnt."

Tilda lässt sich von Mama an der Hand durch endlose Flure, Hallen und Treppenhäuser ziehen. Manchmal stößt sie trotzdem fast mit Schülern zusammen. Weil Tilda die ganze Zeit nur auf ihre Füße schaut. Endlich kommen sie bei den Musikräumen an. Ein Mädchen trägt einen Geigenkoffer auf dem Rücken. Das weiß Tilda von ihrer Chorleiterin, die hat auch einen. An einem Jungen lehnt ein riesiger Instrumentenkoffer. Er steht auf einem Fuß und ist fast so groß wie der Junge. Was da wohl für ein Instrument drin steckt? Tilda würde gerne fragen, aber sie kann nicht. Ihr Mund ist staubtrocken.

Tilda steht vor der neuen Schule

Sie weiß, dass sie keinen Ton hervorbringen würde. Sie schaut Mama an. Aber Mama ist total beschäftigt. Sie hat nur Augen für die Schilder neben den Türen der Musikräume. So kann sie Tilda nicht ohne Worte verstehen. Ohne Worte können sich Tilda und Mama nur verständigen, wenn Mama zu hundert Prozent bei Tilda ist. Wenn sie sich darauf konzentriert, was ihre Tochter ihr mitteilen möchte. Dann ist Mama die Beste! Keiner kann Tilda so gut verstehen wie Mama. Manchmal wurden sie schon gefragt, ob sie eine Geheimsprache haben. Und wirklich, für Tilda fühlt es sich so an! An den Wänden hängen überall Fotos von Konzerten und Theateraufführungen. Mal sind singende Schüler darauf zu sehen. Ein anderes Mal nur Mädchen und Jungen mit Instrumenten. Oder Schülerinnen und Schüler bei Aufführungen. Dafür sind sie als Pantomime, Tiger oder Affen geschminkt. Tilda möchte gern stehen bleiben. Sie will sich die Bilder in Ruhe ansehen. Doch Mama schleift sie immer noch an der Hand hinter sich her. Sie kommen an einer großen Flügeltür aus Holz vorbei. Dahinter findet eine Probe statt. Es spielen viele verschiedene Instrumente. Tilda lauscht. Tilda kann sehr gut Geräusche erkennen: Sie hört Geigen, mehrere Querflöten, Trompeten, ein Horn, ein Schlagzeug und eine Harfe. Tilda ist ganz verzaubert. Die Schüler sitzen bestimmt ihr zugewandt in einem Halbkreis hinter der Tür. Das kann Tilda auch hören. Sie überschlägt, wie viele Stimmen es wohl sein mögen. Sie schätzt mehr als zwanzig. Tilda würde gerne die Tür öffnen. Nur für eine Sekunde! Einen winzigen Spalt breit. Aber in diesem Augenblick seufzt Mama erleichtert auf. Sie sagt: „Ah, hier ist es ja!"

Sie klopft an die Tür eines Klassenzimmers und öffnet sie. Sie betreten einen riesigen Raum mit einem Podest vor der Tafel, auf dem ein schwarzer Flügel steht. Ein Lehrer begrüßt Tilda und Mama. Er fragt Tilda: „Bist du schon mal in der Schule gewesen?" Sie schüttelt den Kopf. Er fragt: „Kennst du jemanden an der Schule?" Tilda schüttelt wieder den Kopf. Dabei gehen zwei Kinder, die mit ihr im Chor singen, hier zur Schule. Der Lehrer fragt weiter: „Warum möchtest du auf diese Schule gehen?" Tilda zuckt mit den Schultern. Mama übernimmt das Gespräch. Der Lehrer sagt: „Tilda, sing doch bitte deine beiden Lieder vor, die du mitgebracht hast." Tilda stellt sich vor den Flügel. Sie schließt die Augen und singt. Wie von selbst entrinnen die Töne ihrer Kehle. Mühelos kommen ihr die Worte über die Lippen. Die Enge in ihrer Brust weicht. Sie fühlt sich ganz leicht. Sie glaubt zu fliegen. Sie lächelt übers ganze Gesicht. Als Tilda fertig gesungen hat, ist es mucksmäuschenstill. Tilda öffnet vorsichtig die Augen. Sie schaut zu Mama. Tränen laufen ihr über die Wangen. Erschrocken guckt Tilda zum Lehrer. Er klatscht. „Tilda, das war zauberhaft! Ich hätte dich auf dem Flügel begleiten können, aber du hast mich gar nicht gebraucht."

Tilda singt vor

Ein paar Wochen später sagt Mama: „Meine Kleine, du hast einen Platz in der Gesangsklasse bekommen!" Mama strahlt übers ganze Gesicht. Tilda kann sich nicht erinnern, dass Mama jemals so glücklich aussah. Tilda freut sich für sie und lächelt. „Tilda, du warst mit Abstand die Beste." Das ist Tilda egal. Mama nimmt Tildas Hände in ihre und zieht ihre Tochter an sich. Als ihre Wangen sich berühren, spürt Tilda Tränen auf Mamas Haut. Mama sagt schnell: „Das ist nicht, weil ich traurig bin, mein Schatz. Es ist, weil ich mich so sehr freue." Mama bedeckt Tildas ganzes Gesicht mit Küssen. Sie drückt Tilda so fest an sich, dass Tilda kaum noch Luft bekommt. Sie streichelt Tilda immer wieder übers Haar. „Ich wusste schon, als du ein Baby warst, dass du etwas ganz Besonderes bist. Alle meinten, dass du nicht normal seist. Du konntest nicht in den Schlaf finden. Bis du vor Übermüdung nur noch geschrien hast. Es ging nur, wenn ich dich gestillt oder wir dich im Tragetuch hatten. Die Hebamme wollte das nicht glauben. Sie probierte es selbst, aber du konntest nicht einschlafen …" Tilda schaut betreten auf den Boden. Mama fährt fort: „Als es etwas besser war, gingen wir mit dir zum Bäcker. Wir achteten darauf, dass kein anderer im Laden war. Dennoch wachtest du vom Rascheln der Brötchentüte auf und konntest dich nicht wieder beruhigen. Die Bäckerin meinte, so etwas Verrücktes hätte sie noch nie erlebt." Tilda spürt Hitze in ihrem Gesicht und weiß, dass sie rot geworden ist. Mama erinnert sich weiter: „Deine Oma hat den Kinderwagen für dich geschenkt. Wir haben ihn zusammen mit ihr ausgesucht. Sie freute sich so darauf, mit dir durch die Nachbarschaft zu schieben. Du bist schließlich ihr erstes Enkelkind. Aber du hast im Kinderwagen immer geweint. Alle meinten, wir sollten dir das nicht durchgehen lassen. Es wäre wichtig, strenger mit dir zu sein. Sie sagten, es sei eine Frage der Erziehung. Aber ich wusste, dass du nicht anders *kannst!* Und dass wir dich eines Tages verstehen …" Tilda kann nicht antworten. Ihr Mund ist staubtrocken. „Ich bin doch deine Mama", sagt Mama flüsternd und vergräbt ihren Kopf in Tildas Haaren.

Für Tilda sind die Eltern ihrer Mitschüler am schlimmsten. Ihre mitleidigen Blicke. Oder wenn ein Kind fragt: „Mama, kann ich mich mal mit Tilda verabreden?" Und die Mütter hektisch antworten: „Oh, das ist schlecht, wir haben schon so viel um die Ohren!" Oder: „Wir schauen erst mal zu Hause in den Familienplaner!" Und: „Im Augenblick hast du genug Freunde!" Am verletzendsten sind die leise geflüsterten Bemerkungen der Eltern untereinander: „Das arme Mädchen. Wovor hat sie bloß solche Angst? Bei denen stimmt doch etwas nicht! Man muss wirklich dankbar sein, wenn man ein normales Kind hat!" Dann kommen Tilda die Tränen. Sie möchte nach Luft schnappen. Aber sie kann nicht. Weil sie die Lippen fest aufeinanderpresst, um nicht zu weinen. Hätte sie nur einen Freund. Tilda sehnt sich gar nicht nach vielen Freunden. Nein, sie wünscht sich nur einen einzigen, richtigen Freund.

Tilda sitzt allein auf einer Bank des Schulhofs

Ein paar Monate später sitzt Tilda allein auf einer Bank des riesigen, neuen Schulhofs. Die anderen Kinder beachten sie nicht. Als käme Tilda für das gemeinsame Spiel nicht in Frage. Tilda kennt das nicht anders. In der alten Schule lauschte sie manchmal nur, wie die Kinder fröhlich miteinander spielten. Heute macht es ihr nichts aus. Tilda ist glücklich. Es ist Montagmorgen, erste große Pause und sie hat schon zwei Stunden gesungen. Lächelnd kaut Tilda auf ihrem Brot, das Mama ihr mitgegeben hat. „Hi, kennst du auch niemanden hier in der Schule? Ich bin umgezogen. Mal wieder. Meine Eltern ziehen ständig um, weil sie sich angefeindet fühlen." Ein Junge in Tildas Alter, schwarze Haare, dunkle Haut, weißer Kapuzenpulli, Jeans und Turnschuhe, lacht Tilda an. Er mustert sie völlig ungeniert. Tilda spürt, wie ihr die Hitze ins Gesicht schießt und weiß, dass sie rot ist. Sie presst ihre Lippen zusammen und starrt angestrengt auf den Boden. Der Junge lässt sich nicht davon beirren. „Ich heiße Ramin. Das *R* wird ganz hinten im Hals wie bei einem Trommelwirbel gerollt: *Chrrrrr.*" Ramin spricht ein wirklich beeindruckendes *R*. „Wenn es hinten an den Mandeln kitzelt, ist's richtig!" Tilda kichert und schaut auf. „Das *I* ist ganz lang zu sagen. Und hinter dem *N* klingt ein *E*, wie ein *E* am Ende von Ende, obwohl es da gar nicht steht. Aber kann man sich doch super merken, oder?" Er lacht. „Ramin ist *Persisch* und bedeutet: *fröhlich* oder *erfreut*. Also ich bin sehr erfreut, dich kennenzulernen!" Ramin macht eine kleine Verbeugung. Dann fährt er fort: „Die Deutschen sprechen meinen Namen immer falsch. Das *R* wie in Rakete, das *I* wie in Indien und das *E* überhaupt nicht. Aber du kannst meinen Namen auch so aussprechen, das ist okay für mich. Nicht mal meine Familie spricht das *E* am Ende, weil sie aus Afghanistan kommt. Dort spricht man zwar auch *Persisch*, aber das ist ein *afghanisches Persisch*. Die Familie meiner Mutter stammt jedoch ursprünglich aus dem Iran. Dort gibt es viel mehr *arabische* Wörter ..." Er grinst übers ganze Gesicht. Tilda findet das alles spannend. Sie will Ramin fragen, warum sich seine Eltern angefeindet fühlen. Doch über ihr schwebt ein riesengroßer *Schweigegeist*.

Der *Schweigegeist* hat einen dicken Bauch. Auf dem Kopf trägt er einen blauen Turban, weil er keine Haare hat. Arme und Beine hat er auch keine. Aber er kann fliegen. Er ist mit einem Lendenschurz bekleidet, wie ein Sumoringer. Nur Tilda kann ihn sehen. Für alle anderen ist er unsichtbar. Und Papa und Mama wissen, dass er es sich gerne auf Tildas Schulter so richtig gemütlich macht. Er futtert Tildas Angst. Die Angst schmeckt für ihn wie Zuckerwatte. Eine Wolke daraus hüllt Tilda ein und verschlägt ihr die Sprache. Je größer Tildas Angst ist, desto riesiger wird die Zuckerwattenwolke um sie herum. Und desto gefräßiger schlägt der *Schweigegeist* zu. Er wird immer riesiger. Bis Tilda glaubt, unter der Last des *Schweigegeistes* zusammenzubrechen. „Wie heißt du?", fragt Ramin. Erschrocken schaut Tilda

Tilda fühlt sich vom Schweigegeist erdrückt

schnell wieder auf ihre Füße. Ihr Mund ist staubtrocken und sie kann nicht sprechen. Hoffentlich findet Ramin sie jetzt nicht total blöd. Das Schlimmste wäre, wenn er wieder ginge. Tilda lugt unter ihren Haaren hervor. Ramin legt den Kopf schief. Er wartet kurz, dann sagt er: „Kein Problem, kannst du mir auch ein anderes Mal verraten. Freunde?" Er streckt Tilda seine Hand am langen Arm entgegen, ohne dabei näher zu kommen. Verblüfft schaut Tilda auf. Das hat sie noch nie jemand gefragt. Ramin blickt ihr direkt in die Augen. Dabei hält er ihr weiter geduldig seine Hand hin. Ein warmes Gefühl breitet sich in Tildas Bauch aus. Der *Schweigegeist* wird kleiner. Sprechen kann Tilda aber trotzdem nicht. Sie lächelt Ramin an. Dann steht sie von der Bank auf und streckt ihm ganz leicht ihre Hand entgegen. Ramin geht einen winzigen Schritt auf Tilda zu. Er nimmt ihre Hand in seine. Ramins Hand ist warm. Er drückt Tildas Hand kurz, dann lässt er sie wieder los. Er grinst sie an. „Kannst mich ja mal besuchen kommen. Wir haben jetzt Hühner. Meine Mutter freut sich immer über Besuch. Leider hatten wir noch keinen, seitdem wir in Deutschland leben." Er dreht sich um und rennt ins Schulgebäude. Tilda steht wie angewurzelt da. Auch noch lange, nachdem es geläutet hat und die Pause beendet ist...

„Mama, ich habe einen Freund!" Tilda ist den ganzen Weg nach Hause gerannt. Sie klingelt Sturm, obwohl die Tür gar nicht abgeschlossen ist. Mama öffnet lachend. „Na, was ist dir denn passiert?" Sie schaut Tilda fragend an. Es sprudelt aus Tilda hervor: „Mama, ich habe einen Freund. Er heißt Ramin. Seine Eltern kommen aus Afghanistan. Sie ziehen ständig um, weil sie sich angefeindet fühlen. Deshalb kennt Ramin noch niemanden an der Schule. Er hat auch keine Freunde, so wie ich. Aber er hat Hühner. Und er hat mich eingeladen, ihn mal nach der Schule zu besuchen. Bitte Mama, darf ich?" Tildas Wangen glühen. Ihre Augen

Ramin und Tilda begegnen sich zum ersten Mal

strahlen. Sie hüpft vor Mama auf und ab. Mama bekommt eine Falte zwischen den Augen. Die bekommt sie immer, wenn sie sich Sorgen macht. Und Mama sorgt sich oft um Tilda. Tilda lässt Kopf und Schultern hängen. Mamas Antwort lautet in solchen Fällen für gewöhnlich: „Nein!" Tilda sieht, dass Mama sich zu einem Lächeln zwingt. Sie küsst ihre Tochter auf die Stirn. „Lass uns heute Abend mit Papa darüber sprechen, ja?", sagt Mama. „Okay", haucht Tilda. Sie geht in ihr Zimmer. „Willst du denn gar nichts essen?", ruft Mama ihr hinterher. Tilda schüttelt den Kopf. Sie setzt sich auf die Fensterbank und zieht die Knie an. Sie umschlingt sie mit beiden Armen. Sie wartet auf Papa. Sie schaut den spielenden Kindern auf der Straße zu. Papa winkt ihr immer schon von weitem zu. Tilda rast dann die Treppe hinunter und reißt die Tür auf. An diesem Tag dauert es Stunden. Endlich wendet sich Tilda vom Fenster ab. Sie malt. Aber so richtig wollen ihr die Bilder heute nicht gelingen. Seufzend holt sie ihre

Matheaufgaben hervor. Ihre Lehrerin hat ihr einige Extra-Zettel gegeben. Tilda freut sich darauf. Sie liebt Mathe. Es ist so spannend, die Aufgaben zu lösen. So aufregend wie die Entschlüsselung eines Rätsels. Es ist wie *Die Drei ??? Kids* zu hören. Tilda ist ganz bei der Sache und denkt an nichts anderes. Die Zeit vergeht rasend schnell, aber Papa ist immer noch nicht da. Tilda geht nach unten ins Wohnzimmer. Sie setzt sich ans Klavier und schließt die Augen. Sie legt die Finger auf die Tasten. Wie von selbst beginnen sie zu spielen. Tilda spürt, wie sich ihr ganzer Körper entspannt und ihre Brust sich weitet. In ihrem Bauch bildet sich eine wohlige Wärme. Sie vergisst die Schule. Sie lächelt. Sie hört sich singen. Ihre Stimme klingt glockenhell. Die Klänge erfüllen den ganzen Raum. Dann verlässt die Melodie Tildas Körper, das Wohnzimmer und sie fliegt wie eine Nachtigall am Himmel.

Es ist ein eiskalter Wintertag. Tilda ist mit Papa in der Arktis. Das Licht ist hell und milchig. Tilda stößt kleine Atemwölkchen aus. In ihrer Nase friert der Atem und kitzelt sie. Papa und Tilda toben im Schnee. Tilda lässt sich auf den Rücken fallen. Sie bewegt die Arme und Beine auf und ab. „Guck mal Papa, ein Schneeengel." Papa lässt sich neben Tilda in den Schnee fallen. Er lacht. Auch er bewegt Arme und Beine auf und ab. Tilda springt auf. „Papa, dein Schneeengel ist viel größer als meiner. Er ist riesig. Papa, das ist der größte Schneeengel, den ich je gesehen habe!" Tilda lässt sich auf Papas Bauch plumpsen. Er schlingt die Arme um sie. Sie kugeln durch den Schnee und lachen vergnügt. Tilda lacht und lacht und lacht ... Sie ist glücklich.

Tilda kann ihre Stimme aus weiter Ferne hören. Sie tanzt einen Reigen, wie die Schneeflocken. „Papa?", ruft sie plötzlich ängstlich. Eine tiefe, warme Stimme antwortet: „Ich bin hier, mein Schatz! Ich bin immer für dich da. Es ist alles gut ..." Tilda spürt Papas starke Arme, die sie umschlingen. Papa hebt Tilda hoch. „Das war wunderschön. Ich habe dich

Tilda & Papa mit Schneeengeln

noch nie so singen und Klavier spielen hören! Wo bist du gewesen?", fragt er. Tilda öffnet die Augen. „Papa!", haucht sie und schmiegt sich ganz eng an ihn. „Da bist du ja endlich. Wir waren zusammen in Finnland." Papa lacht. „Ja, du hast gesungen wie eine *Sámi*. Ich liebe dich. Ich lasse dich niiiiiiemals allein! Das weißt du doch, oder?" Tilda nickt und versteckt ihr Gesicht in Papas Halsbeuge. Dort riecht es nach Apfelkuchen und Vanillepudding. „Ja, selbst wenn du mein ganz alter Papa bist, klapperig und ein richtiger Opi", sagt Tilda. „Na, na, na, bis dahin ist es aber noch eine Ewigkeit!", sagt Papa mit einer tiefen, strengen Weihnachtsmannstimme. Tilda kichert. Papa fährt mit der Weihnachtsmannstimme fort: „Und warum hat mein Mädchen heute so *besonders* schön gesungen?" „Oh Papa, das weißt du ja noch gar nicht: Ich habe einen Freund!" Tilda strahlt übers ganze Gesicht. Papa dreht sich ganz schnell mit ihr im Kreis. „Juhuuuuuu!", jauchzen Papa und Tilda. Sie lachen und lachen und lachen … Sie sind glücklich.

„Ich habe aber Angst! Wir kennen die Leute doch gar nicht. Und Tilda ist so sensibel und verletzlich ...", sagt Mama. Tilda kann nicht schlafen. Sie sitzt oben auf der Treppe. Sie kann Mama und Papa durchs Geländer sehen. Sie stehen in der Küche. Mama lehnt ihren Kopf gegen Papas Brust. Das tut sie immer, wenn sie verzweifelt ist. Tilda sieht, wie Papa über Mamas Rücken streichelt. Sie weiß, dass es Mama hilft, sich zu beruhigen. „Wie viele Freunde hatte Tilda bisher in ihrem Leben?", fragt Papa. Mama schluchzt. Papa fährt fort: „Es ist völlig egal, was für Leute das sind. Unsere Tochter ist glücklich. Wir können unserem Kind vertrauen. Wenn sie diesen Jungen mag und er nett zu ihr ist, ist das alles, was zählt!" Mama schnäuzt sich. Papa sagt: „Es ist wichtig, dass du Tilda loslässt. Euer enges Zusammensein birgt *auch* eine Gefahr. Tilda kann nicht selbstständig handeln und leben, wenn sie ständig Angst hat, für ein paar Stunden ohne dich zu sein. Du kannst sie nicht vor allem Schmerz beschützen!" Mama nickt schniefend.

Tilda, Papa & Susanne spielen Geistesblitz

Mittwochs geht Tilda zu Susanne. Sie ist Profi für *Schweigegeister*. Sie weiß, dass wenn Kinder so extrem schüchtern sind wie Tilda, sie die Fragen der Lehrer in der Schule nicht beantworten *können*. Ihre Stimme versagt, sie zittern und sie bekommen schweißnasse Hände. In den Pausen spielen sie nicht mit anderen Kindern. Wenn die Eltern der Mitschüler ihnen ihre Hand hinhalten, um sie zu begrüßen, können sie sie nicht berühren. Wenn sie in den Bus steigen und der Fahrer sagt: „Zeig mir bitte deinen Fahrschein!", können sie sich ihm nicht zuwenden. Selbst wenn sich jemand im Schwimmbad verletzt und ein Kind, auf dessen Schulter ein *Schweigegeist* sitzt, Hilfe holen will, kann es sich dem Bademeister nicht mitteilen. Susanne hat schon sehr viele *Schweigegeister* gemeinsam mit Kindern vertrieben. Anfangs ist Papa mit dabei. Susanne erklärt: „Tilda hat einen *Schweigegeist*, weil sie *glaubt*, nicht *perfekt* zu sprechen. Sie *fürchtet*, dass andere sie *peinlich* finden. Sie *meint*, dass alle auf ihre Beine oder Füße gucken und nur darauf warten, dass sie stolpert. Sie *schämt* sich, in der Schule zu essen, weil sie *denkt*, sie kleckert, schmatzt oder rülpst." Papa nickt. Susanne fährt fort: „Tilda *hat Angst* vor Bewertung und bei Prüfungen *zu versagen*. Es ist daher ganz natürlich, dass Tilda versucht, Situationen zu vermeiden, in denen sie sich unwohl fühlt." Und dass Mama und Papa ihr dabei helfen. Nur sei das so, als ob Tilda den *Schweigegeist* mit Zuckerwatte füttere. Er wird so richtig dick und fett. Er fühlt sich pudelwohl. Damit er verschwindet, ist es wichtig, dass Tilda mit Hilfe ihre Eltern ganz bewusst unangenehme Situationen aushält. Ihr *Schweigegeist* wird dadurch immer kleiner. Tilda immer mutiger. Irgendwann verschwindet er ganz.

Tilda kann zu Beginn nicht mit Susanne sprechen. Sie kann ihr nicht in die Augen schauen oder ihr die Hand geben. Aber es ist lustig bei Susanne. Sie spielen zu dritt ganz viel. Am liebsten mag Tilda *Geistesblitz*. Da ist sie am schnellsten und besten.

Tilda ist fröhlich mit einem kleinen Schweigegeist

Schon bald traut sich Tilda, ohne Papa mit Susanne ins Zimmer zu gehen. Papa wartet draußen vor der Tür. Susanne ruft ihn zum Schluss immer noch mal rein. Sie gibt Papa Hausaufgaben. Nein, nicht Tilda! Sondern *Papa* bekommt Hausaufgaben! Er bestellt zum Beispiel nicht mehr *immer* Eis für Tilda. Wenn Tilda sich stattdessen traut, schenkt Papa ihr einen *Mutstern*. Den klebt Tilda über ihr Bett. Wenn es dunkel ist, leuchtet er. „Weil du zehn Jahre alt bist, brauchst du zehn *Mutsterne*, Tilda", sagt Susanne. „Und wenn zehn *Mutsterne* über deinem Bett leuchten, dann überlegt ihr, was Tolles passiert. Papa kann dir etwas schenken oder ihr unternehmt gemeinsam etwas Schönes..." Susanne gibt Tilda auch Tipps, wie sie den *Schweigegeist* verscheuchen kann. Falls er auf ihrer Schulter sitzt, tut Tilda so, als ob sie ihn packe und ganz weit wegschleudere. Dabei sagt sie laut: „Verschwinde, du *Schweigegeist!* Ab heute bin ich nicht mehr stumm. Ich sage, was ich will!" Tilda lernt auch, um Hilfe zu bitten. Wenn sie zum

Beispiel ein Eis kaufen will, fragt Tilda Papa, ob er ihre Hand halten kann. Der *Schweigegeist* wird dann ganz klein. Die ersten Male bestellt Tilda mit dem Rücken zum Tresen. Sie umklammert Papas Hand so fest sie kann. Sie haucht ihre Bestellung nur dahin und Papa wiederholt es. Damit der Eisverkäufer, Antonio, es verstehen kann. Aber Papa und Antonio finden das überhaupt nicht schlimm. Bald kann Tilda laut ihr Eis bestellen. Sie wendet Antonio dabei ihr Gesicht zu. Irgendwann braucht sie Papa gar nicht mehr. Er wartet draußen vor der Tür. Tilda kauft Eis für sie beide. Susanne überredet Mama, dass Tilda Ramin nach der Schule besucht.

Ein paar Tage, nachdem sich Ramin und Tilda das erste Mal begegneten, wartet Ramin morgens vor dem Schultor auf Tilda. Er hält etwas in beiden Händen und umschließt es fest. Er lächelt, als er daran denkt, wie er auf die Idee kam, sich *so* mit Tilda zu verabreden ... Er erinnert sich,

Tilda bestellt alleine Eis bei Antonio

wie er das erste Mal mit seinen Eltern und Geschwistern in den Ferien in Deutschland am Meer war. Er war beeindruckt. Sie waren an der Nordsee. So etwas kannte Ramin gar nicht. Sie waren in Sankt-Peter-Ording. Diese scheinbar endlose Weite... Er fühlte die Freiheit. Sie schien ihn richtig zu packen! Aus Afghanistan kannte er dieses Gefühl in den Bergen. Aber in Deutschland war es ihm bisher nicht begegnet ... Er atmete tief die salzige Luft ein. Er hörte das Donnern der Wellen. Er lauschte dem Kreischen der Möwen. Er spürte, wie der Wind stürmisch sein Gesicht streichelte und ihm die Haare zerzauste. Er schloss die Augen, breitete die Arme aus und lächelte. Vater spazierte munter voran. Mutter folgte ihm in einigem Abstand. Vater lief und lief und lief. Die Hände hatte er auf dem Rücken ineinander gefasst. Das hatte er zu Hause oft getan. Aber seit sie hier waren nicht mehr ... Vater hörte gar nicht mehr auf zu laufen. Mutter sang leise vor sich hin. Die Kinder tobten, rannten und lachten.

Sie zogen sich gegenseitig ins Meer. Sie stießen die Wellen wie einen Fußball. Die Gischt spritzte ihnen dabei ins Gesicht. Sie spielten Bockspringen und kugelten anschließend durch den Sand. Sie waren vollkommen ausgelassen. Plötzlich blieb Vater abrupt stehen und drehte sich um. Er wendete sich ihnen zu und wartete, bis sie aufholten. Als sie bei ihm waren, sagte er feierlich: „Es macht mich froh, euch so zu sehen! Das ist der Grund, warum ich euch nach Deutschland brachte. Unsere Heimat werde ich immer schmerzlich vermissen …"
In diesem Moment schrie Ramins älterer Bruder Tarek: „Guckt mal da hinten!" Er zeigte auf eine Traube Kinder, die sich über etwas beugte. Ramins ältere Geschwister Moussa, Tarek und Leyla rannten hin. Ramin folgte ihnen so schnell er konnte. Auf dem Boden lag eine Flasche. Moussa rief sofort: „Och, bloß Müll!" Aber ein Mädchen entgegnete: „Nee, eine Flaschenpost!" Tarek fragte: „Hä, was is'n das?" Ein Junge rollte ein Stück Papier auseinander und rief:

„Eine Schatzkarte!" Seitdem sucht Ramin nach einer Flaschenpost …

In diesem Augenblick taucht Tilda am Schultor auf. Ramin grinst sie an. Er sagt: „Das erste, was mir in Deutschland so richtig gefiel." Er streckt seine Arme vor, gibt den Blick auf das, was er in seinen Händen hält, jedoch nicht frei. Tilda zieht fragend die Augenbrauen hoch. „Du darfst aber nicht lachen! Ich meine, ich war damals erst fünf Jahre alt, versprochen?" Er macht eine Pause. Tilda nickt. „Also das erste, was mich in Deutschland beeindruckte, war das Meer. Ich sah eine Flaschenpost und seitdem wünsche ich mir eine." Ramin hält Tilda eine Flasche mit einem Zettel drin entgegen. Tilda entkorkt die Flasche und angelt den Zettel heraus. Darauf steht:

Hauptstraße 30
Montag nach der Schule
Ich freue mich auf deinen Besuch!
Ramin

Tilda grinst ihn an und nickt.

„Junge, du weißt, dass die Deutschen nicht mit uns befreundet sein wollen. Ich wäre schon froh, wenn sie uns nicht ständig anfeinden, Insh'Allah!" Ramins Mutter seufzt tief. „Wir sehen anders aus und wir sind anders gläubig. Daher betrachten uns die Deutschen als Gefahr." Ramins Mutter hängt die Wäsche an einer Leine im Garten auf. Ramin mag es, wenn sie wie bunte Fähnchen im Wind flattert. Aber er erinnert sich, dass mal ein Hausmeister die gesamte Wäsche der Familie abnahm und auf die Mülltonnen warf. Es war verboten, etwas im Innenhof aufzuhängen. Er drohte seiner Mutter: „Beim nächsten Mal werfe ich die Kleidung *in* die Abfalleimer." Mutter hatte den ganzen Abend geweint. Anschließend beschlossen sie und Vater, umzuziehen. Und das blieb leider nicht das einzige Mal...

Ramins Mutter hängt Wäsche auf

Ramin und seine Eltern flüchteten aus Afghanistan. Sie gehören einer muslimischen Minderheit an, die dort stark verfolgt wird. Seine Eltern verloren alles in ihrer Heimat, wurden bedroht und bangten um ihr Leben. Seitdem fühlen sie sich überall angefeindet. Obwohl sie in Deutschland in Sicherheit leben, reicht Ramins Eltern der geringste Anlass und sie ziehen um. Das machen sie, um sich anschließend wieder sicher zu fühlen. Einmal hörte Ramin seine Eltern mit Freunden darüber sprechen, die auch aus Afghanistan stammen. Es fielen die Worte *traumatisiert* und *triggern*. Ramin konnte nichts damit anfangen. Vater lachte und erwiderte: „Insh'Allah, wir haben gelernt, mit welchen Mitteln wir dagegen ankommen: Wir sind ununterbrochen unterwegs!" Ramin verstand nicht, was daran lustig war. Denn für ihn und seine drei älteren Geschwister bedeutet es, dass sie noch keine Freunde in Deutschland fanden. Ramin hat nur wenige Erinnerungen an das Heimatland seiner Eltern. Ja, richtig, es ist die Heimat *seiner*

Eltern! Ramins Heimat ist Deutschland. Er erinnert sich, dass seine Eltern glücklich in Afghanistan waren. Dass sie eine riesengroße Familie hatten. Sie bestand aus zahllosen Onkeln, Tanten, Cousinen, Cousins, Großmüttern und Großvätern. Noch viel größer aber war ihr Freundeskreis. Es war ein ständiges Kommen und Gehen. Jedes Abendessen glich einem fröhlichen Fest. Mehrere Familien wohnten gleichzeitig für einige Wochen bei ihnen. Sie hatten etwas in der Umgebung zu erledigen oder kamen einfach nur so zu Besuch. Mutter stand den ganzen Tag in der Küche. Sie spielte die *Chefköchin*. Sie schwatzte und lachte. Sie buk und kochte. Dabei dirigierte sie munter ihre Schwestern, Schwägerinnen und Freundinnen. Die Kinder hatten striktes Küchenverbot. Dennoch gelang es immer mal wieder einem von ihnen, etwas aus der Küche zu stibitzen. Das teilten sie kameradschaftlich. Die Großmütter und Großväter oder Großtanten und Großonkel kümmerten sich um die Kinder. Die alten Männer rauchten und spielten auf der Straße. Die alten Frauen fertigten Handarbeiten und quatschten. Nur wenn die Kinder etwas brauchten, eine Frage hatten oder ihnen etwas weh tat, liefen sie zu ihnen. Die Alten wendeten sich den Kindern immer geduldig und verständnisvoll zu. Sie steckten den Mädchen und Jungen Süßigkeiten in die Tasche. Sie sagten: „Versprecht, dass ihr es ja nicht euren Müttern erzählt. Und teilt es gerecht auf!" Am meisten vermisst Ramin in Deutschland die ausgelassene Stimmung und seine Ziege. Er hatte sie zu seinem fünften Geburtstag geschenkt bekommen. Sie hieß Mariam. Es war ein weißes Zicklein. Sie hatte winzige Hörner. Als sie kurz darauf flohen, sagten seine Eltern, sie würden jemanden besuchen. Sie kämen wieder. Sie durften nur das Allernotwendigste mitnehmen. Da sagte Ramin: „Ich nehme Mariam mit. Sie ist für mich das Notwendigste, Subhan'Allah!" Aber seine Eltern meinten, dass eine Ziege nicht mit ins Flugzeug könne. Ramin weinte und sagte: „Dann warte ich eben hier. Ich warte, bis ihr zurück seid!" Er wunderte sich, dass seine Mutter ein wenig panisch reagierte. Sie sagte: „Ramin, das geht wirklich nicht. Du *musst* mitkommen!" Sie verabschiedete sich darauf tränenreich von Großmutter, Jida genannt und Großvater, Aljadu. Das hatte seine Mutter noch nie zuvor getan. Ramin war nun erst recht misstrauisch. Er verschränkte die Arme vor der Brust und rief: „Ich komme nicht mit euch!" Schmollend schob er die Unterlippe vor. Er stellte sich vor Mariam. Seine Mutter vergoss noch heftiger Tränen. Sein Vater schrie gen Himmel: „Insh'Allah, möge *Er* mir Kraft schenken und es mich durchstehen lassen. Möge *Er* es für meinen Sohn nicht so schwer sein lassen." Es war Ramins Schwester Leyla, die die Situation rettete. Sie sagte: „Schau, Brüderchen, ich lasse meine Puppe hier bei Mariam, Jida und Aljadu. Damit weißt du ganz sicher, dass wir wiederkommen." Leylas Puppe war ihr größter Schatz. Ein entfernter Onkel hatte sie aus den USA geschickt. In Afghanistan konnte man sie nicht kaufen. Seine Familie wusste zu der Zeit noch nicht, dass es eine *Barbiepuppe* war. Aber die Erwachsenen wollten anfangs, dass seine Schwester sie verbrenne. Man konnte sie nackt ausziehen und sie zeigte dann eine weibliche Brust. Es war Jida, die die Situation befriedete. Sie schrieb *Barbie* vor, sich zu verschleiern und nähte die passende Kleidung für sie. Leyla würde nie wieder so eine Puppe bekommen. Wenn sie *Barbie* hierließ, war Ramin sich sicher, dass sie zurückkommen. Also sagte er Mariam: „Bis bald!" und verabschiedete sich.

In Deutschland leben Ramins Eltern isoliert. Sie haben sich damit abgefunden. Ramin stöhnt. „Nein Mutter, du irrst dich! Meine Freundin ist nicht so. Sie ist anders... Du wirst schon sehen! Ich habe sie eingeladen. Sie kommt mich besuchen." Tarek und Moussa rennen an ihm vorbei. Tarek haut ihm auf die Schulter. Moussa klaut ihm das Cap. „Ramin ist verliiiiiebt. Ramin ist verliebt!", grölen sie. „Bin ich überhaupt nicht.

Ramin steigt ins Flugzeug

Ihr seid total blöd!", brüllt Ramin. Seine ältere Schwester legt ihm tröstend eine Hand auf die Schulter: „Mach dir nichts draus, Bruderherz. In zwei Jahren könnt ihr eh nicht mehr miteinander befreundet sein." Leyla trägt seit ihrem zwölften Lebensjahr ein Kopftuch. Sie nimmt nicht am gemischten Sport- und Schwimmunterricht in der Schule teil. Außerdem spielt sie nicht mit Jungs. Da Ramins Familie muslimischen Glaubens ist, werden Jungs und Mädchen getrennt, wenn die Kinder in die Pubertät kommen. Ramin findet das richtig so. Es ist ihre Religion. Leyla ist so aufgewachsen. Aber die Deutschen leben nun mal anders. Und die Kinder wachsen anders auf. Für Tilda gelten diese Regeln daher nicht. Ramin hat damit kein Problem. Da kommt schon Tarek zurückgerannt und ruft: „Wie heißt denn deine Braut?" Ramin kocht vor Wut: „Sie ist nicht meine Braut. Und ich weiß nicht, wie sie heißt. Sie ist extrem schüchtern und deshalb stumm. Aber wir sind Freunde!" Leise fügt er hinzu: „Alhamdulilla, wir haben uns die

Hand darauf gegeben." "Ja, sicher, alles klar Mann!", spottet Moussa. Ramin spürt, wie ihm Tränen in die Augen schießen. Er ballt seine Hände so fest zu Fäusten, dass sich seine Nägel in die Handflächen bohren. Der Schmerz ist angenehm. Seine Wut lässt nach. Manchmal ist seine Familie echt bescheuert! Kein Wunder, dass sie keine deutschen Freunde haben, denkt Ramin böse.

Noch schlimmer als seine Brüder sind seine Mitschüler. Sie reden nicht mit Ramin. Sie wollen nicht neben ihm sitzen. Und sie starren ihn an. Sie zeigen mit dem Finger auf ihn und kichern. Manchmal rempeln sie ihn auch an oder schubsen ihn, wenn gerade kein Lehrer guckt. Aber Ramin labert sie trotzdem einfach voll. Er grinst sie an. Und er schubst zurück. Das verschafft ihm Respekt. Bald sitzt jemand neben ihm am Tisch. Und er steht auch nie einsam auf dem Schulhof herum. Aber die Eltern seiner Mitschüler sind am allerschlimmsten. Ihre abfälligen Blicke. Oder wenn ein Kind fragt: "Mama, kann ich mich mal mit Ramin verabreden?" Und die Mütter antworten: „Oh, wir sprechen doch aber eine ganz andere Sprache!" Oder: „Wir tragen doch gar kein Kopftuch, das passt Ramins Eltern bestimmt nicht." Und: „Ich weiß gar nicht, was ich dann koche, weil Ramin doch kein Schweinefleisch isst?" Am meisten verletzten Ramin die leise geflüsterten Bemerkungen der Eltern untereinander: „Der komische Junge. Schlimm, dass seine Eltern flüchten mussten, aber warum betet der Vater denn in Deutschland immer noch fünf Mal täglich gen Mekka? Die könnten doch auch mal zu unseren Kirchenfesten kommen, anstatt stundenlang in die nächste Moschee zu fahren." Dann steigt in Ramin Wut hoch. Er möchte sie am liebsten anbrüllen. Aber er kann nicht. Weil er fest die Lippen aufeinanderpresst, um nicht zu weinen. Hätte er nur einen Freund. Er sehnt sich gar nicht nach vielen Freunden. Nein, nur nach einem einzigen, richtigen Freund.

Ramin denkt darüber nach, was seine Brüder meinten, als sie schrien, er sei verliebt.

Ihm ist völlig klar, dass es zwischen ihm und Tilda keine Liebe wie zwischen Mutter und Vater ist. Also ist er auch nicht verliebt! Aber was bedeutet denn Liebe? Für Ramin besteht sie darin, den eigenen Willen aufzugeben und an nichts anderes mehr zu denken als an Gott. Wenn er so an Gott denkt und ihn mit aller Kraft liebt, spürt er nur noch ihn. Er empfindet dabei Frieden, Alhamdulillah. Im Frieden gibt es nichts Störendes. Keine Sorgen. Keine Vorwürfe. Keinen Streit und keine Angst. Frieden ist für Ramin Liebe.

An dem Tag, als Tilda mit Ramin nach der Schule zu ihm nach Hause geht, sind beide Kinder sehr aufgeregt. Ramin grinst Tilda verlegen an: „Du wolltest mir noch deinen Namen verraten." Tilda grinst zurück. Ramin streckt seine Hand nach ihr aus. Er weiß nicht, warum er das tut. Vielleicht, weil er Angst hat, dass Tilda es sich noch mal anders überlegt und wegläuft. Tilda greift dankbar nach Ramins Hand. Der *Schweigegeist* auf ihrer Schulter wird sofort ganz klein.

„Tilda", haucht sie. Ramin lächelt sie an. Hand in Hand gehen sie nach Hause. Auf dem Weg sagt Ramin: „Bei uns ist Ramadan. Wir fasten und essen bis heute Abend nichts." Er zuckt entschuldigend die Schultern. Tilda lächelt ihn an. Sie braucht nur noch zwei *Mutsterne*, dann bekommt sie ein Geschenk von Papa oder sie unternehmen gemeinsam etwas Tolles. Sie schließt die Augen und holt tief Luft. Sie packt den kleinen *Schweigegeist*, der noch auf ihrer Schulter sitzt und schleudert ihn so weit weg, wie sie kann. Sie sagt: „Das macht nichts. Wenn ich aufgeregt bin, kann ich sowieso nichts essen." Ramin sagt: „Heute Abend kocht meine Mutter dir zu Ehren ein großes Essen. Weil du unser erster deutscher Gast bist." Jetzt ist es Ramin, der verlegen auf seine Füße schaut. „Sie hat mich gefragt, ob du nur mitessen willst, wenn's auch Schweinefleisch gibt. Weil alle Deutschen angeblich am liebsten Schweinshaxe essen. Ich konnte ihr das nicht ausreden. Ich habe ihr versprochen, dich zu fragen."

Es entsteht eine längere Pause. Dann sagt Tilda: „Ich bin Veganerin." Ramin hebt den Blick. Tilda und Ramin schauen sich lange in die Augen. Sie prusten los. Sie lachen und lachen und lachen… Sie halten sich die Bäuche und können nicht mehr stehen. Sie sind glücklich.

Als sie Ramins Haus erreichen, überrascht sie dort ein großer Tumult. Ramins Mutter schreit und weint. Sie hat die Hände vors Gesicht geschlagen. Leyla streichelt ihr über den Rücken. Sie redet beruhigend auf ihre Mutter ein. Ramins Brüder rufen: „Wenn wir die erwischen, kriegen sie richtig Ärger!" Ramins Vater geht auf und ab. Er ringt die Hände und ruft: „Subhan'Allah, *Er* wird seine Gründe haben!" Tilda und Ramin sehen die Ursache für das Durcheinander: Im Hühnerstall hat sich ein wahres Gemetzel zugetragen. Drei Hühner liegen völlig zerfleddert und ohne Kopf auf der Erde. Überall ist Blut. Ramin weint. „Agate, Berta, Lolli, nein, nein, nein! Das darf nicht wahr

Ramin & Tilda gehen nach Hause

sein!", ruft er. Weiße Federn tanzen durch die Luft und segeln sachte zu Boden. Die nächste Windböe hebt sie erneut in die Luft und lässt sie wieder fliegen. Wie Schneeflocken, denkt Tilda. Sie schließt die Augen. Dann hört sie ihre Stimme. Sie singt die Melodie eines Wiegenliedes. Tildas Körper entspannt sich. Sie fühlt sich ganz leicht. Sie beginnt zu schweben. Sie singt über den Schmerz. Sie trällert über die Einsamkeit. Die Töne erzählen von Freundschaft. Tilda fliegt. Sie tanzt einen Reigen mit Mama und Papa. Tilda und Papa öffnen den Kreis für Ramin. Sie fassen ihn an den Händen und der Kreis schließt sich wieder. Sie drehen sich immer schneller. Zum Schluss halten sie sich alle ganz eng umschlungen. Tilda spürt die Liebe ihrer Eltern. Sie fühlt sich getröstet, sicher und geborgen.

Um sie herum ist es ganz still geworden. Tilda öffnet die Augen. Ramin und seine Familie schauen sie an. Ihre Münder stehen offen. Ihre Augen sind geweitet. Tilda wird heiß. Sie weiß, dass sie rot ist. Verlegen schaut sie auf den Boden. Ramins Vater ist der Erste, der seine Sprache wiederfindet. Er sagt: „Maschallah, das ist das Schönste, was ich je in Deutschland erlebte. Du hast eine große Gabe geschenkt bekommen. Ich danke dir, kleines Mädchen." Ramins Mutter breitet die Arme aus. Sie stürmt auf Tilda zu und drückt sie ganz fest an ihre Brust und damit an ihr Herz. Sie weint. Sie sagt immer wieder: „Du singst so wunderschön! Wie ein kleines Vögelchen." Tarek boxt Ramin anerkennend mit der Faust gegen die Brust. „Maschallah, coole Braut, Alter!" Ramin schaut verlegen und traurig in die Runde. Er sagt: „Jetzt ziehen Mutter und Vater wieder um. Und das, da ich zum ersten Mal in Deutschland einen Freund gefunden habe. Ich weiß wirklich nicht, warum uns keiner mag. Alle haben etwas gegen uns. Aber dass sie sogar unsere Hühner abschlachten..." Er lässt den Kopf hängen. Tilda bekommt große Augen. Sie öffnet den Mund, doch er ist staubtrocken. Sie kann nicht sprechen. Eine Weile steht sie mit offenem Mund da. Ramin nimmt gedankenverloren ihre Hand. Tilda dreht seiner Familie den Rücken zu. Dann piepst sie, so dass es nur Ramin hören kann: „Aber wisst ihr denn nicht, dass Marder die Hühner in Deutschland holen?" Ramin hebt den Kopf und sieht Tilda völlig überrascht an. Tilda spricht weiter: „Der Marder sieht eigentlich ganz hübsch aus. Er hat schokoladenbraunes Fell und auf der Brust einen weißen Fleck. Er ist ungefähr so groß wie eine Katze. Er hat kurze Beine und einen langen, struppigen Schwanz. Aber wenn er Hühner frisst, sieht es anschließend so aus, als hätte jemand ein Blutbad angerichtet." Ein weiterer *Mutstern* für Tilda! Jetzt unternimmt Papa gemeinsam mit ihr etwas Tolles! Ein Lächeln huscht über Ramins Gesicht. Tilda erklärt: „Der Marder jagt nachts. Tagsüber schlummert er in seinem Versteck, also in alten Scheunen, Steinhaufen oder auf dem Dachboden. Er gilt als blutrünstig. Weil er nur ein paar Köpfe frisst. Den Rest lässt er liegen. Weil die Hühner so flattern macht er das."

Ramin erzählt seiner Familie, was los ist: „Mutter, Vater, Leyla, Tarek, Moussa, es hat überhaupt nichts mit uns zu tun! Niemand hat sie ermordet, um uns zu verletzen. Es war ein Tier! Wie heißt es noch mal, Tilda?" Tilda dreht sich nicht weg und piepst: „Marder…" „Richtig, Marder!", wiederholt Ramin. „Es ist ein komisches Tier, dass die Köpfe abbeißt. Das gibt es in Deutschland." Eine Träne kullert über Ramins Wange. „Mariam, Agate, Berta und Lolli vergesse ich niemals! Ich trage sie für immer in meinem Herzen. Sie sind jetzt bei Gott. Leyla, hilfst du mir, einen wunderschönen Stein für sie zu malen? Moussa, wir müssen ein tiefes Loch ausheben! Tarek, wir pflanzen einen hübschen Baum! Tilda, was gibt es da in Deutschland?" Ramin wendet sich Tilda zu. Sie sagt leise und auf ihre Füße blickend: „Magnolien. Sie haben riesige Blüten. Wenn sie zu Boden fallen, sieht es so aus wie Hühnerfedern. Die Magnolie würde euch jedes Jahr an Agate, Berta und Lolli erinnern…" Ramin jubelt: „Alhamdulillah, Mutter, Vater, wir brauchen nicht mehr umzuziehen!" Alle lachen erleichtert. Sie lachen und lachen und lachen… Sie sind glücklich. Tilda und Ramin fallen sich in die Arme. Ramin fragt: „Freunde für immer?" Tilda nickt. Sie schaut Ramin in die Augen. Dann sagt sie laut: „Freunde auf ewig!"

*Mögen **Nayla**, **Zeinab**, **Maha** und alle Kinder, die andersgläubig sind, anders aussehen, anders denken oder einen Schweigegeist auf der Schulter sitzen haben, eines Tages auf eine Kindheit voller Liebe, Geborgenheit, Toleranz, Offenheit und Mitgefühl blicken können!*

*Dank an **Saskia Lorenz** fürs Korrekturlesen; an **Sandra Aichlseder** für die fachliche Beratung zum Schweigegeist; an **Yasmin Nazari-Shafti** für die arabischen und persischen Sprachkenntnisse sowie die muslimischen Redewendungen und an **Kristoff Kühne** für seinen unverwüstlichen Optimismus!*

Ramin & Tilda Freunde für immer & ewig

Die Autorin

Anke Kühne absolvierte ihren Master in Geographie, Politik- und Medienwissenschaften. Schreiben lernte sie an der Deutschen Fachjournalisten-Schule. Sie arbeitete für GEOkompakt, die Kieler Nachrichten und das Umweltbundesamt. Heute schreibt sie als freie Autorin, veröffentlicht Bücher wie „Glaube, Liebe, Hoffnung" und arbeitet an Kurzgeschichten und Romanen. Sie hat eine Tochter und zwei Söhne.

novum VERLAG FÜR NEUAUTOREN

Der Verlag

*Wer aufhört
besser zu werden,
hat aufgehört
gut zu sein!*

Basierend auf diesem Motto ist es dem novum Verlag ein Anliegen, neue Manuskripte aufzuspüren, zu veröffentlichen und deren Autoren langfristig zu fördern. Mittlerweile gilt der 1997 gegründete und mehrfach prämierte Verlag als Spezialist für Neuautoren in Deutschland, Österreich und der Schweiz.

Für jedes neue Manuskript wird innerhalb weniger Wochen eine kostenfreie, unverbindliche Lektorats-Prüfung erstellt.

Weitere Informationen zum Verlag und
seinen Büchern finden Sie im Internet unter:

w w w . n o v u m v e r l a g . c o m

CPSIA information can be obtained
at www.ICGtesting.com
Printed in the USA
BVHW061931251122
652783BV00013B/238